AF403796

D'UNE NOUVELLE MÉTHODE,

POUR L'EXPLICATION DES AUTEURS LATINS,

ET

LA COMPOSITION DES THÊMES,

PAR LE MOYEN D'UN CERTAIN arrangement des mêmes Auteurs, & de quelques Régles très-courtes ʿ à la portée des moins intelligens, tant pour enseigner ʿ que pour apprendre la Langue Latine ʿ en très-peu de tems.

Par M. L. FREMY.

À PARIS,

Chez J. B. LAMESLE, ruë de la vieille Bouclerie, au bas de la ruë de la Harpe, à la Minerve.

M. DCC. XXVII.

Avec Approbation & Privilege du Roy.

AVANT-PROPOS.

JUsqu'ici l'étude du Latin n'a présenté à la Jeu-nesse que des épines ; la quantité de Livres qu'il faut parcourir ; les difficultez presqu'invincibles qui s'y rencontrent, la crainte de déplaire à un Maître, & le nombre d'années que demande ce pénible exercice ' ont été pour elle comme autant de sources inépuisables de mortifications ; & si, malgré tous ces obstacles, l'on voit quelques Elé-ves se faire un plaisir d'apprendre cette Langue, ils en sont redevables à la bonté de leur génie, & à l'habileté de ces Instituteurs d'élite, qui sçavent prendre à propos le point & le dégré d'élé-vation de leurs esprits : ce qui n'empêche pas qu'on ne puisse dire, qu'un état si triste ravit à cet-âge ' le plus beau privilege ' que la Nature semble lui avoir accordé. Cette Mere prévoyante & toujours attentive ' à ce qui peut conduire ses ouvrages à leur perfection ' n'a point trouvé d'ex-pedient plus favorable, pour fortifier les enfans, que de les faire vivre sans inquietude. Faut-il donc que le Latin les y plonge sans cesse, & dé-range un ordre si sagement établi !

Il est vrai que plusieurs Sçavans, te's que *Lau-rentius Valla*, *Julius Scaliger*, *Scioppius*, *Vossius*, *Nebrisse*, *Emmanuel Alvarez*, *Jean Des-pautere*, *Lilius*, *Alstedius*, *Lancelot*, *Périzonius*, & autres plus modernes, ont travaillé avec appli-cation à faciliter cette fameuse Langue : mais quel-que soin qu'ils ayent pris, l'experience journalie-re nous fait voir ' que la Jeunesse ne reçoit pas de leurs veilles ' le soulagement qu'ils avoient en vûë de lui procurer. C'est ce qui m'a porté, en imi-tant le zele de ces grands hommes, à tenter une route differente de celle qu'ils ont tenuë, & à cher-cher une Méthode pour instruire les jeunes gens, qui fût si claire & si facile ' qu'ils eussent lieu de se croire aussitôt Maîtres que Disciples : persuadé qu'une des voyes sûres pour faire apprendre avec facilité quelque Science à un autre, est de dimi-nuer chez lui l'idée qu'il a ' de soutenir conti-nuellement l'humiliant personnage d'Ecolier. En effet, si tous les Arts n'atteignent le comble de la perfection ' qu'autant qu'ils imitent la Nature ; comme il est très-naturel à l'homme de fuir la difficulté, & de concevoir du dégoût pour tout ce qui porte une image de servitude : c'est une conséquence nécessaire ' que l'Art d'enseigner les Enfans, pour être parfait, doit non seulement leur rendre toutes choses faciles & aisées, mais encore ne renfermer dans ses usages ' rien de despotique, qui puisse effaroucher leurs esprits : en sorte qu'ils se trouvent disposez à regarder ceux qui les dirigent comme des personnes pré-posées plutôt ' pour les faire ressouvenir ' que pour leur apprendre quelque chose de nouveau : à les regarder, dis-je, non point comme des Cen-seurs séveres ; mais comme des Spectateurs & de judicieux témoins de leur avancement.

Pour réussir dans ce dessein, après avoir consi-deré ' que la cause principale des difficultez de la Langue Latine étoit l'antipathie qu'elle a avec les Langues vulgaires, & que le moyen de vain-cre cette opposition ' consistoit à trouver une ana-logie ' & une conformité entre toutes les Lan-gues, je rappelle les tems où il n'y avoit qu'un seul idiome, je forme une espece d'hypothese grammaticale, où je me represente ce qui pou-voit se passer après la naissance de plusieurs hom-mes, à l'égard de la maniere de se communiquer leurs pensées par les differentes modifications de la voix, je découvre les réformes qu'ils ont pû introduire de tems en tems dans leur langage commun, & enfin par la force des combinaisons, après avoir saisi dans cette langue primitive, quoique supposée, les rapports de la Langue La-tine avec la Françoise, je m'en sers pour le dé-nouëment de toutes les difficultez de la premiere : & cela principalement par le moyen d'un certain arrangement ' que je donne aux Auteurs Latins, dans lequel ces Auteurs fournissent eux mêmes toutes les voyes les plus simples ' & les plus na-turelles, qu'on ait pû imaginer jusqu'à présent, & qu'il semble qu'on puisse desirer pour appren-dre la Langue Latine, & quelque Langue que ce soit ' toute proportion gardée. Ensorte que les Auteurs deviennent dans cette Méthode les dis-pensateurs de la Grammaire, & par là se trou-vent la fin & les moyens de l'Etude. Ce qui doit paroître d'autant plus juste ' que la Langue La-tine n'étant plus vivante, il n'y a (à proprement parler) que les bons Auteurs ' qui puissent nous en procurer l'intelligence.

AVERTISSEMENT.

CEs essai a deux Parties: *La Théorie de la Méthode* ' & *la Pratique*. Les Personnes qui n'ont point étudié peuvent se contenter de lire les deux premieres pages de la Théorie ' qui se voyent en gros caractere, & ensuite passer à la seconde Partie, où ils trouveront dequoi dédom-mager la curiosité qu'ils auroient de lire des Re-marques ' qui peut-être les ennuyeroient ; c'est la facilité de faire sur le champ des Exercices, qui ' par les Méthodes ordinaires demanderoient plu-sieurs années de préparation.

EXEMPLE

DE L'ARRANGEMENT
DES AUTHEURS LATINS,

Suivant une nouvelle Méthode,

POUR L'EXPLICATION DES MÊMES AUTHEURS,

ET POUR LA COMPOSITION DES THÊMES;

A la faveur d'une seule REGLE MONOSYLLABIQUE, soutenuë de certains HIEROGLYPHES, qui soulagent la mémoire; & des ACCENS ordinaires d'une détermination plus efficace que celle qui est en usage. Le tout accompagné d'une espéce de DEMONSTRATION, proportionnée à la capacité des moins intelligens, tant pour enseigner que pour apprendre.

Par l'Abbé FREMY.

A PARIS,

Chez CLAUDE JOMBERT, rue Saint Jacques, près les Mathurins, à l'Image de Nôtre-Dame.

M. DCC. XXIII.

Avec Approbation & Privilege du Roy.

PHÆDRI AUGÚSTI CÆSARIS
Libérti Fabulârum Æsopiârum Liber primus.

PROLOGUS.

ÆSOPUS author, quam materiam répperit,
Hanc ego polîvi vérsibus senâriis.
Duplex libélli dos est; quod rîsum movet,
Et quod prudénti vîtam consilio monet.
Calumniâri si quis autem volùerit,
Quod árbores loquántur, non tantum feræ,
Fictis jocâri nos meminerit fâbulis.

EXERCICE.. . . . . .

Primus, Liber, Fabulârum, Æsopiârum,
Phædri, Libérti, Cæsaris, Augústi

PROLOGUS.

Ego, polîvi, vérsibus, Senâriis,
Hanc, materiam, quam, Æsôpus, author, répperit,
Dos, libélli, est, duplex;
Quod, movet, rîsum, & quod, monet,
Vîtam, consilio, prudénti. Autem, si, quis,
Volùerit, calumniâri, quod, non tantum
Feræ, árbores, loquántur,
Meminerit, nos, jocâri,
Fâbulis, fictis.

Notes marginales :

* Un affranchi étoit un homme, qui étant esclave avoit obtenu sa liberté.

** Cesar Auguste fut le deuxiéme Empereur des Romains.

† Esope étoit Phrygien : Il est appellé l'inventeur des Fables, parce que c'est le premier qui en a le plus composé.

hic libri
— Liber. un Livre, la petite peau qui est entre l'écorce & le bois d'un arbre.

hic Cæsaris,
Cæsar Cesar, c'est le nom commun à tous les Empereurs Romains.

Reperîre trouver rèperi repértum repêrio rèperis-it.

*. Par Epenthese où dit répperit pour rèperit : le Poëte a doublé le p afin que la syllable re de breve devînt longue, ce dont il avoit besoin pour finir son Vers.

hæc dôtis
Dos la dot d'une fille, un avantage, une belle qualité.

Movére mouvoir, exciter môvi môtum, môveo moves-et.

hæc árboris
Arbor un Arbre

Loqui parler, dire fui v. sum locûtus, a, um, loquor lôqueris v. ôquere lôquitur, lôquimur.

Fingere scindre, former, inventer : finxi, fictum : fingo fingis, ingit, fingimus.

Les Chiffres 1, 2, 3, 4, 5, marquent les cinq Declinaisons de noms substantifs. Le 2 & le 3 barrez les noms adjectifs. Les voyelles ā, ē, ĕ, ī, les quatre Conjugaisons dont elles sont les figuratives. (ir) designe un verbe irregulier : (pr.) un pronom : (Ad) un Adverbe : (P) Preposition : (in,) un interjection. On devinera aisément les lettres ajoûtées, si l'on fait attention à la nature du mot, sur lequel elles se trouvent. Le crochet ⌐ avertit qu'il faut expliquer à deux reprises les mots qu'il joint ensemble, ex. Ego, mot ou je, polîvi as poly : ego polîvi j'as poli. Les Lettres placées sur le françois à droite sont les initiales de chaque mot latin, lorsque le françois commence par une Lettre toute differente, ex. Il y a un l... sur (affranchi) un h. sur (cette) & un r... sur (à trouvé) afin de

… DU TEXTE ORIGINAL.

LES FABLES DE PHÉDRE

*Affranchi * d'Auguste. ** Livre premier.* |

PROLOGUE. |

J'AY poli la matiere `qu'Esope` †† a trouvée le premier, & l'ay
mise en Vers ïambiques. | Ce petit Livre à deux avantages ; |
L'un` qu'il est agréable & divertissant, | & l'autre` qu'il donne
Aux hommes de sages conseils` pour la conduite de leur vie. |
Que si quelqu'un s'avisoit de nous critiquer, | de ce que nous
Faisons parler` nonseulement les bêtes, mais les arbres mêmes : |
Qu'il se souvienne ` que ce ` n'est ici qu'un jeu de fictions & de fables. |

DE L'INTERPRETATION.

† Le premier, Livre, des Fables, faites à l'imitation d'Esope, Esopiennes,

De Phédre, affranchi, de Cesar, Auguste. |

♓ ═ PROLOGUE. [1] |

e ⌐ moi ou je, ai poli, ø   Senaires,
═ J'ai poli, `e`   en Vers, de six pieds ïambiques, `a`
h.   que, ⌐ Esope,   r…
Cette, matiere, qu'Esope, Autheur, a trouvée. `` |
    la dot, ⌐ du livret,
L'avantage, de   ce `b` petit livre, est, double ; |
─q. en ce que, m.. ⌐ il excite,   q. en ce que, ⌐ m.. il avertit,
En ce   qu'il excite, le ris, | & en ce qu'il avertit,
    la vie,   au.
Les hommes, par un conseil, prudent. | Or, si, quelqu'un,
    aura voulu,   calomnier, q.   n. ⌐ t..
═ Vient à vouloir, `s` nous `c` critiquer, | de ce que`, non seulement,
f..   les arbres,   l..
Les bêtes, mais `d` les arbres mêmes `e` parlent, | :
    m….   ø. nous, ⌐ i… se divertir,
═ Qu'il se souvienne, que nous nous divertissons,
ø.   feintes,
Avec des fables, faites à plaisir. [4] §

---

rappeller ces mots Latins, (libérti, hanc, répperit)
Le zero ø barré dans la page latine, signifie que
le mot n'est point conforme à aucun des prototypes du Rudiment, & qu'on le trouvera à la marge ;
& dans la page françoise il represente une ellipse
necessaire, c'est à-dire, il désigne que le mot françois ne s'exprime point en Latin dans cette occa
sion. Pour operer dans l'un & dans l'autre exérci-
ce, il faut se servir de deux Plumes, une dans chaque main, par maniere de touches, afin de guider
les yeux, & de fixer l'imagination. L'exérci.e de
l'interpretation se fait mot - à - mot, & celui du
Texte, phrase par phrase, lesquelles sont déter-
minées par des barres. Vous trouverez une plus
ample explication de toutes ces choses dans la
Méthode; en attendant, lisez la Réflexion suivante.

REFLEXION.

L'ARRANGEMENT qui se voit dans les deux Pages précedentes, fournit toutes les operations imaginables pour apprendre la Langue Latine. Les deux principales sont l'explication des Auteurs & la composition des Thêmes.

Pour expliquer un Autheur utilement & avec exactitude, il est nécessaire d'observer les dix Articles suivans. Il faut 1. lire dans une Traduction françoise la matiere que l'on veut expliquer, afin d'en prendre une idée generale. 2 Sçavoir prononcer le Latin., 3. faire la construction des phrases, 4. expliquer mot-à-mot, 5. adoucir les expressions barbares du françois litteral 6. rendie raison des attributs de chaque diction latine., 7. rendre raison de la Syntaxe des phrases, 8. developper les difficulrez de Grammaire & les points d'histoire, de Mythologie, de Geographie, &c. 9. expliquer d'une maniere noble & élevée, qui apprenne à rendre les les beautez latines par des beautez françoises. 10. retenir par memoire chaque portion de l'Autheur, ou du moins les passages les plus excellens, & les termes les plus exquis.

A l'égard de la composition des Thêmes, on doit à peu près pratiquer les mêmes choses, en commençant les deux exercices dans un sens contraire; je veux dire, en commençant par le François qui est à droite.

Les Sçavans découvriront sans peine dans l'exemple proposé ces proprietez & plusieurs antres, lesquelles, pour ainsi parler, leur sauteront d'abord aux yeux.

J'ajoûterai seulement quelques Observations générales.

La position des Accens, suivant une nouvelle détermination, qui fait connoistre non seulement l'élévation de la voix, mais encore la Quantité ou durée de toutes les Syllables de chaque mot Latin, par le moyen du point qui se trouve sous de certaines voyelles, &c. est d'un grand secours pour la prononciation & la versification.

Les demi-virgules, que l'on voit dans la Traduction du Texte Original, distinguent plus nettement les pensées, ménagent la respiration, & contribuent beaucoup à la la lecture & à la déclamation.

Les barres simples & les doubles donnent lieu à la reciprocation des tours & des expressions latines & françoises, & fixent l'esprit & l'imagination des étudians.

Les hieroglyphes ou signes placez sur le latin dans l'exercice de l'interpretation, lesquels ont rapport à de certains mots prototypes, indiquez dans le Rudiment, font que le Disciple apprend d'un coup d'œil, & sans interrompre l'explication ou la composition, mille détails de Grammaire qu'un Maistre ne lui pourroit point enseigner que par beaucoup de paroles ennuyeuses pour l'un & pour l'autre.

Les hieroglyphes qui se présentent sur les mots françois du même exercice, facilitent la memoire à un tel point, que le Disciple n'a pas plûtôt expliqué une page, qu'il la peut reciter par cœur; s'il compose un Thême sur une traduction ainsi hieroglyphiée, & qu'il veuille se servir d'un Di-

*ctionnaire, ces guides muets le détermineront, lorsqu'il cherchera ses mots, à prendre précisément ceux qui auront été employez par l'Auteur; ce qui le mettra, par une heureuse necessité, dans l'habitude de faire de beau latin, & lui donnera l'aisance de pouvoir ensuite se corriger lui-même, en comparant sa composition avec le texte de l'Ecrivain. Que de peines épargnées pour les Maistres qui ne seront plus regardez par leurs éleves, comme des censeurs severes, mais comme de judicieux témoins de leur avancement. Ces Messieurs auront tout le temps de s'employer à leur communiquer des connoissances plus sublimes, ce qui rendra la profession d'enseigner beaucoup plus agreable, & exempte des dégoûts qui y sont attachez depuis long temps, suivant le témoignage du Poete.

Occidit miseros crambe repetita magistros.
(Juv. Sat. 7.)

On rend raison de la Syntaxe des phrases par la Regle A D. expliquée, page 20. de la dissertation préliminaire, ou essai d'une nouvelle Methode &c page 213. du 15. Journal de Paris pour 1723. & page 895. du Journal de Trevoux pour le mois de Mai de la même année.

L'experience seule peut faire connoître les charmes que renferme cet arrangement des Autheurs, pour prévenir les dégoûts & les distractions si familieres aux enfans, & pour leur inspirer, comme aux adultes de tout âge & de tout sexe, une ardeur merveilleuse pour l'Etude, qui leur paroîtra moins une serieuse occupation, qu'un amusement des plus récréatifs. Il est vrai qu'il ne m'est pas possible de donner une description exacte de tous les effets de cet arrangement, & de ceux que produisent les Regles renfermées dans le mot technique DIC-AD-I., qu'on mettant au jour un Volume de deux heures de lecture; mais cependant je puis de vive voix les expliquer & les faire comprendre, en moins d'une demi-heure, au premier Sixiéme qui se présentera, & le mettre en état, une fois pour toutes, à faire lui seul les operations cy dessus sur quelque Autheur qu'on voudra, & cela, d'une maniere à convaincre de la bonté de la Méthode le Sçavant ou le non Sçavant le plus incredule.

Enfin, cet arrangement est si commode & si universel, qu'il suffit à un Disciple de sçavoir lire, pour s'y occuper avec succès, & pour y faire, par maniere de jeu & de récompense, la plûpart des opérations proposées; jusqu'à ce qu'il ait appris le Rudiment, qui le rendra capable de les exécuter toutes & dans toute leur étendue.

*C'est par de telles experiences que j'invite les personnes zélées pour le soulagement de la jeunesse & le progrès des Belles-Lettres, à me seconder dans le dessein que j'ai de faire un prompt usage du privilege général & exclusif, qui m'a été accordé pour l'édition des Auteurs, mis dans cet arrangement, lequel, par plusieurs raisons, est préferable à tout autre: ce que je propose sous des conditions aussi avantageuses qu'on les peut souhaiter; d'autant que je n'ay rien plus à cœur que de travailler pour l'utilité publique.

Cette feuille est un Supplément de la Dissertation qui se trouve chez même Libraire.

LA THÉORIE

D'UNE NOUVELLE MÉTHODE

POUR

APPRENDRE LA LANGUE LATINE.

CETTE Méthode satisfait avantageusement à toutes les conditions qui se trouvent dans les Rudimens & dans les Méthodes ordinaires. De plus, par l'arrangement qu'elle donne aux Auteurs Latins, elle fournit en même tems, la prononciation exacte de tous les Mots ; l'explication des mêmes Auteurs ; la composition des Thêmes ; l'exercice de la Mémoire ; & l'u-
sage de parler Latin. Elle fait connoître le génie particulier des deux lan-
gues, la Latine & la Françoise ; prépare à la Versification & à la Déclamation. Et de toutes ces opérations, qui par la Méthode usitée exigeroient
chacune, pour être pratiquée, des expédiens particuliers & pénibles, elle
en réünit le plus grand nombre en une seule, qui est si facile, qu'il suffit de
sçavoir lire pour l'exécuter. Elle met les Commençans mêmes à portée d'ê-
tre en quelque façon aussi-tôt Maîtres que Disciples ; de s'exercer indiffe-

A

remment par l'Auteur le plus difficile, comme par le plus aifé, Perfe & Ta-
cite fe trouvant, pour ainfi dire, de niveau avec Phedre & Eutrope*; &
d'acquerir certaines perfections qui fembloient n'être refervées qu'aux Sçavans les plus laborieux : telle qu'eft la connoiffance des fyllabes bréves ou
longues par nature, de quelque langue qu'elles dérivent. Elle ajoûte à la
Grammaire de nouveaux ornemens 'aufquels on n'avoit point encore penfé:
comme font, la nouvelle détermination des accens ; la ponctuation des
demi-virgules ; l'exemtion de chercher dans le Dictionnaire ; la réciprocation des mots & des frafes ; la maniere particuliere d'en faire une analyfe
raifonnée pour la compofition des Thêmes ; le moyen d'enrichir la mémoire fans la charger ni la fatiguer. Elle éleve dans un certain fens l'Art Gram-
matical, tout arbitraire qu'il eft, au rang des Sciences démonftratives, en
l'établiffant fur la conformité † avec les idées d'un chacun 'formées par une
longue habitude 'qui les rend comme naturelles ; d'où il arrive 'que les
exercices qu'elle propofe, font prefque tous accompagnez d'une efpece d'é-
vidence 'proportionnée à la capacité des moins intelligens, &c. Et elle exé-
cute toutes ces chofes par des principes & des expédiens neufs, fimples &
abrégez ; qui peuvent fervir de témoignage que l'Auteur n'a rien negligé,
pour faifir fur cette matiere les véritables voyes de la Nature. Elle ne peut
donc être que très-utile au Public en general, & en particulier aux Univer-
fitez ; aux Colléges, & autres lieux deftinez à l'éducation de la Jeuneffe ;
puifqu'elle tend à rendre les Claffes plus remplies & plus fructueufes ; qu'elle fe prête à toutes les fortes de Devoirs qui s'y pratiquent ; qu'elle diminuë
confiderablement les peines des Maîtres ; & que, par la grande facilité qui
eft répanduë dans toutes fes parties, elle fait trouver aux Difciples l'utile
toûjours affaifonné de l'agréable ; qu'elle fe proportionne à tous les degrez
de fcience des ftudieux ; & qu'elle peut être avantageufe, non feulement
pour commencer, continuer, & finir les Humanitez, mais encore pour les
cultiver dans la fuite, fur-tout, pour fe former un ftyle particulier fur quelque Auteur 'qu'on aura choifi pour modéle. Car il eft aifé de démontrer
que par la réciprocation des frafes, les expreffions & les tours de penfées
familiers à l'Auteur, naîtront, pour ainfi dire, fous la main de l'Ecrivain
plus fûrement 'que s'il avoit appris avec contention d'efprit, & par un
éffort de mémoire 'l'Auteur en entier.

Enfin, pour m'énoncer en peu de mots, on trouvera dans la Méthode
propofée, la fimplicité & la fécondité ; la briéveté & l'univerfalité ; la facilité & l'exactitude ; l'agrément & la folidité ; la nouveauté & la compati-
bilité avec les anciens ufages ; & par-deffus tout, l'avantage de pouvoir,
malgré les paradoxes qu'elle femble prefenter, être démontrée en très-peu
de tems, & convaincre de fon éfficacité, par l'experience d'une demi-heu-

re, le fçavant ou le non fçavant le plus incrédulè; de maniere que les plus
févéres Critiques avouent que ce qui eſt oppoſé aux idées communes, n'eſt
pas toûjours impoſſible.

***** Si l'on ne peut empêcher que cette propoſi-
tion ne paroiſſe à pluſieurs pleine d'une exagéra-
tion outrée, du moins n'eſt-on pas en peine de
les convaincre, par l'expérience même, que l'Auteur le plùs difficile eſt infiniment plus aiſé par
cette Méthode, que l'Auteur le plus aiſé ne l'eſt
par la Méthode ordinaire.

† La Méthode propoſée a pour théorie la conformité avec les idées; pour ſon exécution, une
ſimple lecture; pour maximes, deux ſortes de
répétitions, dont l'une peut être nommée une ré-
petition harmonique, & l'autre une répétition em-
blématique; pour Régles les trois monoſyllabes
renfermez dans le mot téchnique DIC-AD-I; &
pour parties qui la compoſent, un Rudiment de
25. pages, un Dictionnaire de 50. & un Recueil
des plus beaux morceaux de chaque Auteur Claſ-
ſique, ancien & moderne. Ce Recueil aura une
étenduë qui puiſſe égaler au moins tout ce qu'on
voit ordinairement de Latin pendant ſept à huit
années de baſſes Claſſes &c. *On donnera inceſſam-
ment la ſuite de ces Remarques.*

✲✲✲✲✲✲✲✲✲✲✲✲ ✲✲✲✲✲ ✲✲✲✲✲✲✲ ✲✲✲✲✲✲✲✲✲✲✲✲✲✲✲✲✲✲✲

A P P R O B A T I O N.

J'Ai lû, par ordre de Monſeigneur le Lieutenant Général de Police, *Les Proprietez
qui caractériſent une nouvelle Méthode pour apprendre la langue Latine*, dont on peut
permettre l'impreſſion. A Paris ce 24. Avril 1727.   PASSART.

VEu l'Approbation, permis d'imprimer & débiter. Ce vingt-quatre Avril 1727.

HERAULT.

LA PRATIQUE
D'UNE NOUVELLE METHODE,
Pour apprendre la Langue Latine.

AVANT-PROPOS.

L'Experience a mis les hommes dans deux préjugez à l'égard du Latin. Le premier eft, que les principes en font très-difficiles ; & le fecond, que nul Etudiant ne fçauroit faire aucun progrès par lui-même, s'il ne les fçait fuffifamment. La Méthode propofée abrége ces principes & les facilite beaucoup. D'un autre côté, elle n'éxige point abfolument qu'on les fçache, pour fe mettre à expliquer les Auteurs, & à compofer des Thêmes. De forte que l'on peut dire ' que deux Difciples, dont l'un auroit commencé par les principes, & l'autre ne les auroit appris qu'au milieu de la carriere de fes Etüdes, fe trouveroient de niveau à la fin de leurs Humanitez, toutes chofes d'ailleurs étant fuppofées égales. Cette particularité'qu'il eft impoffible d'éxécuter par les Méthodes ordinaires, eft très-avantageufe, furtout pour les perfonnes qui ont quelqu'âge. Il arrive fouvent ' que malgré la forte réfolution qu'elles ont faite d'apprendre le Latin, elles font déconcertées, fitôt qu'on leur parle de *Nominatif* & de *Mufa*. On leur propofe ici de commencer par apprendre cette Langue ' à peu près comme la plûpart des Romains l'apprenoient, & de la maniere qu'eux mêmes ont appris le François, c'eft à dire, par le feul ufage, du moins la Méthode fournit-elle des moyens ' qui en font un équivalent ; fçavoir, les deux fortes de répétitions ' harmonique & emblematique *; la réciprocation des Mots & des Phrafes, & autres expédiens, qui écartent tous les obftacles, dont voici les quatre principaux. 1. La difficulté d'apprendre par cœur. 2. L'embarras de trouver la conftruction des phrafes. 3. L'application des Regles grammaticales. 4. La peine de chercher dans un Dictionnaire la fignification des termes.

A l'égard des Enfans que l'on peut porter à étudier les regles, & à les appliquer ; comme celles de la préfente Méthode, font très-courtes & très-aifées, il n'y auroit pas grand inconvenient de les leur donner d'abord à apprendre, d'autant plus qu'elles peuvent contribuer à les

faire avancer davantage : L'Auteur fouhaiteroit feulement infinuer de ne leur point faire un crime capital de leur lenteur à apprendre ces regles, & moins encore de leur peu d'adreffe à en faire l'application. C'eft une chofe affez indifferente en elle-même ' que des Etudians foient en état de rendre raifon par principes de leur fç voir, plutôt au commencement qu'à la fin de leurs Etudes, pourvû qu'enfin ils y parviennent. Mais il n'eft pas indifferent ' qu'ils foient tourmentez, & qu'ils fe chagrinent jufqu'au point de devenir malades ou imbeciles, pour n'avoir pas l'efprit de fe tirer des piéges de la particule *on*, & qu'ils contractent une averfion pour la Litterature, dont quelques-uns ne reviennent prefque jamais.

Il eft aifé de juger, par ce qu'on vient d'avancer, que la Méthode laiffe la liberté entiere de commencer par les Principes ou de n'y point commencer. Cependant, pour ne point oppofer un fi grand contrafte aux préjugez communs dont on a parlé, l'Auteur, fi on veut l'en croire, apporte un temperamment qui peut convenir à toute forte d'âges & de caractere d'efprit. Suppofons un Difciple qui n'ait point d'autre capacité que celle de lire facilement en Latin & en François. Il lui confeille, non pas d'apprendre par cœur, mais feulement de lire tous les jours une portion du Rudiment avec le Chapitre de la Régle *AD*. après s'être mis ou avant que de fe mettre à expliquer, & à compofer par ufage. Il eft certain que lorfqu'il fe fera éxercé quelques mois dans cette pratique, fon efprit, fa mémoire, fes mains, fes yeux & fes oreilles, étant en quelque façon devenus Latiniftes, il aura une facilité merveilleufe pour apprendre le Rudiment, pour comprendre les Régles, & en faire toutes les applications convenables. De plus, il fera vrai de dire ' que le Latin ' qu'il aura appris par avance, n'aura pas été appris en vain ; parce que les principes répandront alors également leur clarté fur fes connoiffances précédentes & fur celles qu'il pourra acquerir dans la fuite.

HYMNE
pour la Fête de la
PURIFICATION.
Par M. DE SANTEUIL.

hæc   gentis.
(Gens)   *une Nation,*
un Peuple :
(Stupêre) stupui , s. S
être étonné, ou avoir de l'éton-
nement : stupeo, stupes, stupet :
stupêmus, stupêtis, stupent.
* V : ô Deus. *pl.* hi Dii, Deô-
rum, Diis : Deos, ô Dii , a Diis.
(Légifer) *le porte loi, un Lé-*
gislateur. de Lex *la Loi ,*
& de ferre porter.
hæc   lêgis.
(Lex) *la Loi :*
* (Sponte) *de gré, de bon gré,*
ce nom n'est usité qu'à l'AB. S
& tient lieu d'Adverbe , com-
me libénter , *volontiers.*
(redìmere) redêmi, démptum.
racheter : rédimo, dimis, - it :
redímimus, redìmitis, rèdi-
munt.
hæc   mâtris.
(Mâter)   *la Mère :*
hæc   lâb.s.
(lâbes) *une tache ,*
       la ruine :
hic   môris.
(mos)   *la coutume :*
hæc   virginis
(virgo) *une vierge :*
(abstinêre) abstinui, -sténtum ,
abstenir : abstineo, ábstines,
ábstinet : abstinêmus , abst.-
nêtis, ábstinent.
(pavêre) pâvi, s. S.
avoir peur & apprehender :
páveo, paves, pavet : pavêmus
vêtis , pavent.
(vovêre) vôvi , vôtum ,
vouer , consacrer : vôveo,
vovès, vovet : vovêmus, vo
vê:is , vovent.
hic & hæc   Sacerdôtis
(Sacérdos) *unPrêtre*
une Prêtresse.

STupête , Gentes | fit Deus hôstia ; |
Se sponte Lêgi Légifer óbligat ; |
Orbis Redémptor , nunc redémptus ; |
Sêque piat sine lâbe Mâter. ‖
   De môre Mâtrum virgo puérpera |
Templo statûtos abstìnuit dies. ‖
Intrâre sanctum quid pavébas, |
Facta Dei priùs ipsa templum? ‖
   Ara sub ûna | se vovet hôstia
Triplex : | honôrem virgìneum ìmmolat
Virgo sacérdos, | parva mollis
Membra puer, | seniórque vîtam. ‖

EXERCICE. . . . . . .

ф 3 V: ф ē   2 * ir. 1   2 r. *
Gentes, stupête, | Deus, fit, hôstia , | Lêgifer,
    ā   pr. ф 3   ф 3 *   3   3
óbligat se, Lêgi, sponte, | Redémptor, orbis ,
    redémptus   Ad.   c q ф 3 P.Ab. ф 3 ā pr.
pour redémptus est (ф ě) nunc, | &, Mâter, sine lâbe, piat, se. ‖
P.Ab. 3.   ф 3   ф 3   1
   De môre, mâtrum, Virgo, puér-era, |
   2 ē.   n. 2 (PA.) per, (m. f. s.) dies (2 p.) statûtos
abstínuit, templo,   dies,   statûtos. ‖
Ad   ф ē   ā   2
quid, pavébas, intrâre sanctum, |
pr   2 p.   Ad   n 2
ipsa, facta, priùs, templum,
   2 * P.Ab : A : pr. 1   3   1   ф ē pr.
Dei ? ‖ Sub, ûna âra, triplex, Hôstia, vovet, se ,
   3   ф 3   ā   3   2   3
Virgo, Sacérdos, ìmmolat, honôrem, virgìneum; | mollis
   2 r.   ā   2   n. 2. c. q. 3 c.
puer, *ìmmolat,* parva membra, | & , sénior ;
   ā   1
ìmmolat, vîtam. ‖

DAns l'arrangement des deux pages qui se pré-sentent ensemble, il y a deux Exercices; l'Exer-cice du Texte & l'Exercice de l'interpretation. Le premier renferme le Latin d'un Auteur tel qu'il l'a composé , avec une Traduction en beau François qui est vis-à-vis. Et le second repéte ce même Latin, mais reduit en construction ' & expliqué mot à à mot , avec les instructions necessaires que don-neroit un Maitre, pour entendre le Latin du pre-mier Exercice C'est donc par l'exercice de l'in-terprétation qu'on doit commencer. - Pour cela , on peut se servir de deux Plumes , une dans chaque main en manière de touches , dont l'une dirige la vuë sur la page du Latin , & l'autre la dirige sur la page du François, & ensuite expliquer mot à mot : [gentes *nations* , stupete *soyez éton-nées* , Deus *Dieu* , fit *est fait* , hostia *hostie.* Lorsque dans le Latin il se presente un cro-chet quarré ⌐ il faut lire le Latin à deux repri-ses ; la premiere fois , mot à mot avec le François en gros caractere ; & la seconde fois , tout d'une suite avec le François qui est au dessous du pre-mier en petit caractere. Ex. 1° Obligat *oblige,* se *soi.* 2°. obligat se , *s'oblige, s'assujettit.* S'il y a un crochet rond ⌒ on doit lire ensemble les mots liés , comme si ce n'étoit qu'un seul. Ex. tuum ⌒

Peuple , Soyez dans l'étonnement & dans l'admiration ; | un Dieu se fait Hostie pour le Salut des hommes ; | celui qui a fait la Loi lui même s'y assujettit ; | le Redempteur du monde veut bien être racheté ; | & sa Mere quoique pure & sans tache , être purifiée comme les autres. |

Cette Vierge n'eut pas sitôt enfanté que sans se distinguer du reste des femmes , | elle s'interdit à elle même , durant les jours ordonnez par la Loi , l'entrée du Temple. || Mais pourquoi , Vierge sainte , craigniez vous d'y entrer , | vous qui étiez déja devenüe le Temple de Dieu même ? ||

Sur un même Autel , | trois sortes de personnes presentent à Dieu trois sortes de Victimes : | Marie lui sacrifie l'honneur & la réputation de sa pureté virginale ; | l'Enfant Jesus lui offre son petit Corps ; | & le saint Vieillard Simeon sa propre vie.

DE L'INTERPRETATION.

g· *Nations* , ft· *soyez étonnées* , | *Dieu* , *est fait* , *Hostie* ; * | *le Législateur* ,   * *victime.*
devient

oblige , *soi* ,   *à la Loi* , fp· *de plein gré* ; | *le Redempteur* , o· *du rond* ,
s'oblige .. s'assujettit   le Redempteur du monde

est racheté , n· *presentement.* | &, *la Mere* , *sans* l· *tache* , Pl· *purifie* , *soi*. ||
se purifie

d· *selon* m· *la coutume* , *des meres* , *la Vierge* , P· *accouchée* , *s'est*

abstenüe , *du temple* , *pendant* , d· *les jours* , ft· *établis.* || * *Lêge.*
les jours ordonnez *par la Loi.* *

q· *Pourquoi* , *tu avois peur* † , *d'entrer dans le lieu* 2· *saint* , | † *craigniez-vous.*
2. in locum,

fp· *toi même* , *étant faite* , P· *auparavant* , *le temple* ,
étant devenüe

de Dieu ? || *Sous* , *un Autel* , *une triple* , *Hostie* , *voüe* , *soi* : |
sur un même Autel ,   se voüe .. se devoüe

la Vierge f· ,, *Prêtresse* 3· , *immole* , *l'honneur* , *virginal* , | le *mollet* ,   3 *faisant l'office de*
offre . son 4· honneur   le tendie   *Prêtresse*
    4· suum.

P· *Enfant* , *immole* , *ses* f· *petits membres* , & , | f· *un plus vieux* ,   5 sua.
offre

immole , *la vie.* ||
offre

pectus fa poitrine .. ° ton cœur. Quand il se ren- | doit point se gêner beaucoup ; plus ou moins de
contre un mot Latin au dessus de plusieurs autres, | repetitions ' lui feront retenir la signification de
avec le mot *pour* ; il faut les lire tous ensemble en | chaque mot.
une seule fois. Ex , redemptus *pour* [est] redemp- | Si le Disciple est un Commençant , qui n'ait
tus [*est*] *racheté.* S'il y a plusieurs mots au des- | d'autre capacité que celle de lire correctement le
sus d'un seul ou de plusieurs sans la particule *pour* , | Latin & le François , il pourra continuer cette
il faut lire à deux reprises : Ex. 1°. per *pendant* , | maniere d'étudier sur plusieurs Chapitres tout
diés *les , ours* , statûtos *établis.* 2 9. dies statûtos | de suite , sans prêter attention aux signes qui
les jours ordonnés par la Loi. L'Etudians conti- | sont sur les mots , & aux assortimens que l'on
nuera ainsi tout le reste des deux pages , & | voit sur les marges , jusqu'à ce qu'il ait appris
réïterera l'operation , jusqu'à ce qu'il sente qu'il | son Rudiment. Alors il fera ces observations.
peut se répéter lui-même , en regardant seulement | Les chifies qui sont sur les mots dans la page
le Latin sans regarder le François , que quand il ne | Latine 1 , 2 , 3 , 4 , 5 , marquent les cinq Dé-
pourra absolument s'en souvenir. Au reste , il ne | clinaisons des noms substantifs. 1. represente (*hæc*

B

(transadigere), -dégi, -dáctum:
percer d'outre en outre ;
transádigo, ádigis, - ádigit:
transadigimus, - adígitis,
transádigunt.
hoc   péctoris.
  (pectus) *la poitrine:*
(nasci)fui v. sum, nâtus, a, um:
(*naître*) nascor, násceris,
v. náscere, náscitur : násci-
mur, nascìmini, nascúntur.
hic   sacri.
  (sacer)   *sacré :*
hæc sacra, sacræ,
hoc sacrum, sacri.
  (imbúere) imbui, -bûtum :
abreuver : imbuo, ímbuis,
imbuit : imbúimus, imbùitis,
imbuunt.
hic & hæc   infántis,
  (infans) *un enfant,*
       garçon ou fille.
hoc   córporis.
  (corpus) *le coprs :*
(prælûdere)prælúsi, prælûsum :
  préluder : prælûdo, prælûdis,
prælûdit : prælûdimus, prælû-
ditis, prælûdunt.
hoc   fûneris.
  (fûnus) *le trepas, la mort,*
        les funerailles.
  (créscere) crêvi, crêtum :
croître, crelco, crescis, cres-
cit : créscimus, créscitis,
crescunt.
hic   viri.
  (vir)   *un homme :*
hoc   scèleris.
  (scelus)   *le crime :*
hic   Patris.
  (Pater) *le Pere :*
  * v. ô fili.
hic & hæc   cómparis.
  (compar) *pareil :*
& hoc compar, cómparis.
hoc   flâminis.
  (flâmen) *le soufle, l'esprit:*
hoc   cordis.
  (cor)   *le cœur :*

Heu ! quot enses transàdigent tuum
Pectus ! | quot altis nâta dolôribus,
O Virgo! | quem gestas, | cruéntam
Imbuet hic sacer Agnus âram. |
  Christus futûro corpus adhuc tener
Prælûdit Infans víctima fûneri : |
Crescet, | profûso vir cruôre
Omne scelus mòriens piâbit. |
  Sit summa Patri summàque Filio,
Sanctôque compar glôria flamini ; |
Sanctæ litêmus Trinitâti
Perpètuo pia corda cultu. | Amen. |

EXERCICE.........

int. adj. pl. ind.   3   ø ě   pr. x.   ø n. 3
Heu !   quot, enses, transàdigent, tuum pectus ! |

adj. pl. ind. 3   x   ø ě d int. ø 3   pr.
quot, dolôribus, altis, nâta *pour* nâta es, ô Virgo ! | hic

*   x   x r   pr.   ā.   ø ě   x   x*
Agnus, sacer, quem, gestas, imbuet, âram, cruéntam. |

*   x   ø 3   Ad.   x r.* tener,(P.A) *quantum ad* corpus, *ø n. 3*
Christus infans, adhuc, tener   corpus,

*   x   ø ě   ø n. 3   x p.   ø ě   ø x*
víctima, prælûdit, tûneri, futuro ; | crescet, | vir,

*   ā   z p.   z   ø n. 3   3*
piâbit, mòriens, omne, scelus, cruôre,

*   x p.   x   x   ir.   ø 3   c. p.   x*
profûso. | Summa, glôria, sit, Patri, &, summa,

*   x *   c.   ø z   r   ir.   x   ø n. 3*
glôria, sit, Filio, &, compar, glôria, sit, sancto, flamini: |

*   ā   x   3   ø n. 3   x   4*
litêmus, sanctæ Trinitâti, corda, pia, cul-

*   x*
tu, perpètuo. |

int.
Amen.

mûsa, mûsa) 2. represente (*hic Dòminus Dòmini*)
&c. Tous les mots sur lesquels un de ces chiffres
est placé sont semblables au mot qu'il represente
comme prototype ou modele, & qu'on suppose
que le Disciple a bien appris dans son Rudiment.
Le chiffre 1. que l'on apperçoit sur (*hóstia*) veut
dire que (*hóstia*) vient de (*hæc hóstia hóstia*)
comme (*hæc mûsa mûsa*) & le 2. sur (*Deus*)
fait entendre que (*Deus*) vient de (*hic Deus
Dei*) comme (*hic Dòminus Dòmini*) &c. Le
x & le z barrez désignent les noms adjectifs de
la seconde & de la troisiéme Déclinaison. Les
voyelles ā, ē, ě, ī, marquées avec des signes de
quantité representent les quatre Conjugaisons
dont elles sont les figuratives. Le (d) qui s'y joint
quelquefois, veut dre que c'est un verbe. dépo-
nent. (ir) désigne un Verbe irregulier du Rudiment comme (*esse, posse, prodesse, &c.*) (pr.)
un Pronom. (Ad.) une Adverbe. (P. A.) une
Préposition qui régit l'Accusatif. (P. Ab.) une
Préposition qui régit l Ablatif. (.c.) une Conjonc-
tion. (int.) une Interjection. Lorsque devant
les chifres ou les voyelles il y a un zero barré
(ø) c'est pour avertir que le nom ou le Verbe,
où il se trouve, n'est pas tout à fait conforme à
son prototype : Ex. on voit sur (*genrès*) un ø

DU TEXTE ORIGINAL.

Helas ! de combien de douleurs ᶜ comme par autant de glaives, votre cœur ne sera-t-il point percé ? | à combien d'afflictions & de peines n'êtes vous point destinée ! | celui là même que vous portez entre vos bras, ‖ est l'Agneau sans tache ᶜ qui doit être immolé sur l'autel de la Croix. ‖

Ce divin Enfant ᶜ semble vouloir ici faire un essai de ce qu'il doit souffrir un jour : | *mais il croîtra,* | *& lorsqu'il sera parvenu à l'âge d'homme parfait, cette sainte Victime sera égorgée, & expiera tous les pechez des hommes par l'effusion de son Sang.* ‖

Rendons au Pere & au Fils & au saint Esprit ᶜ la gloire qui leur est dûë, | *& faisons de nos cœurs pleins de pieté ᶜ un holocauste que nous presentions sans cesse à l'adorable Trinité.* ‖ *Ainsi-soit-il.*

DE L'INTERPRETATION.

Helas ! que nombreuses, épées, t. perceront d'outre en outre, ta poitrine : |
combien d'épées ... ton cœur

q. *à combien nombreuses, douleurs, hautes, tu es née, ô Vierge !* ‖ *Cet A-*
à combien de douleurs profondes

gneau, sacré, q. lequel, g. tu portes, i. abbreuvera, un autel, cr. sanglant. ‖
que tu portes

Le Christ, i. enfant, a. encore, tendre ; quant au corps,
Jesus-Christ ... tendre quant au corps *

victime [2]*, prélude, f. à un trépas, futur :* | *il croîtra,* | » *homme* [3]

p. *il expiera, mourant, o. tout, f. crime, c. par un sang,*
il expiera en mourant ... par l'effusion

p. *répandu.* ‖ c. *La plus haute, gloire, soit, au Pere, &, la plus haute,*
de son Sang

gloire, soit, *au Fils, &,* c. *une pareille,* gloire, soit, *au saint,* fl. *soufle :* |
au saint Esprit

l. *offrons en sacrifice, à la sainte Trinité,* T. *des cœurs, pieux, par un*
pleins de pieté

culte, perpetuel.

Ainsi-soit-il.

* *qui a le corps tendre.*
2 *devant être une victime.*
3 *étant devenu homme.. lorsqu'il sera parvenu à l'âge d'homme parfait.*

avant le ; ; ce ∅ indique que (*gentes*) quoique de la troisiéme Déclinaison comme (*ignis*) est un peu different de (*ignis*) & des autres modeles, & qu'il le faut chercher à la marge où l'on trouve (*hac gens gentis.*) L'étoile * fait connoître que le Disciple trouvera à la marge quelqu'explication grammaticale ; voyez (*Deus.*)

A l'égard du François, qui est vis à vis sur la page à droite, chaque mot commence toujours par la même lettre que le mot Latin auquel il répond ; sinon, il y a au devant la lettre initiale du mot Latin. Ex. il y a un g au devant de *Nations*, qui rappelle l'idée de (*gentes*) & il n'y a rien au devant des mots *Dieu*, *hostie*, parce qu'ils commencent par la même lettre que (*Deus*, *hostia.*) Cette attention produit deux effets aussi surprenans qu'avantageux. Le premier est de pouvoir facilement répéter le Latin d'un Auteur tout de suite par l'inspection seule du François ; ce qui aide à trouver plus facilement la construction dans l'exercice du Texte, & facilite l'usage de parler Latin. La seconde est qu'en composant un Thême sur cette sorte de traduction, le Disciple cherchant ses mots dans un Dictionnaire ᶜ prendra précisément & sans y manquer celui qui aura été employé par l'Auteur.

ÿ est un renvoi qui montre ce qu'il faut suppléer pour rendre la phrase complete, afin de con-

9 782019 258832